LES APPRENTIS HÉROS

ZEUS ET L'ÉCLAIR DE LA MORT

LES APPRENTIS HÉROS

ZEUS ET L'ÉCLAIR DE LA MORT

JOAN HOLUB ET
SUZANNE WILLIAMS

Traduit de l'anglais par
Sophie Beaume

ADA
JEUNESSE

Éditeur : François Doucet
Traduction : Sophie Beaume
Révision linguistique : Daniel Picard
Correction d'épreuves : Nancy Coulombe, Katherine Lacombe
Illustrations de la couverture et de l'intérieur : © 2012 Craig Phillips
Montage de la couverture : Matthieu Fortin, Mathieu C. Dandurand
Mise en pages : Mathieu C. Dandurand
ISBN papier 978-2-89667-856-3
ISBN PDF numérique 978-2-89683-927-8
ISBN ePub 978-2-89683-928-5
Première impression : 2013
Dépôt légal : 2013
Bibliothèque et Archives nationales du Québec
Bibliothèque Nationale du Canada

Éditions AdA Inc.
1385, boul. Lionel-Boulet
Varennes, Québec, Canada, J3X 1P7
Téléphone : 450-929-0296
Télécopieur : 450-929-0220
www.ada-inc.com
info@ada-inc.com

Diffusion
Canada :   Éditions AdA Inc.
France :   D.G. Diffusion
                Z.I. des Bogues
                31750 Escalquens — France
                Téléphone : 05.61.00.09.99
Suisse :   Transat — 23.42.77.40
Belgique :   D.G. Diffusion — 05.61.00.09.99

Imprimé au Canada

Participation de la SODEC. SODEC
Nous reconnaissons l'aide financière du gouvernement du Canada par l'entremise du Fonds du Livre
du Canada (FLC) pour nos activités d'édition.
Gouvernement du Québec — Programme de crédit d'impôt pour l'édition de livres — Gestion SODEC.

Pour notre éditrice, une vrai déesse:
Alyson Heller

— J. H. et S. W.

Table des matières

Bienvenue,
lecteurs mortels

J e suis Pythie, oracle de Delphes, en Grèce. J'ai le pouvoir de lire dans le futur. Écoutez ma prophétie :

Je vois des danseurs rôder. Attendez — c'est le danger qui rôde. (Le futur peut s'avérer assez trouble, surtout quand mes lunettes sont embuées.)

En tout cas, faites attention ! Les Titans dirigent désormais tout sur Terre — les océans, les montagnes, les forêts et les profondeurs du monde sous-vêtement. Euh — du monde souterrain. Menés par le roi Cronos, ils sont là pour nous détruire tous !

J'entrevois cependant un espoir. Un groupe de dirigeants légitimes, appelé les Olympiens, va se soulever. Bien que leur taille et leur jeunesse ne leur permettent pas de rivaliser avec les Titans, ils se montrent géants de cœur et d'esprit. Ils sont dans l'attente de leur chef — un petit dieu très spécial et assez irréfléchi. Celui qui est destiné à devenir le roi des dieux et le maître des cieux.

S'il est suffisamment courageux.

Car sauver le monde n'est pas tâche ailée. Euh — aisée.

Prologue

— **E**ntre les dents et sous les gencives, attention, mon ventre, car Zeus arrive !

Le roi Cronos, le grand méchant roi des Titans, lança en l'air l'objet qu'il tenait. Il vola haut au-dessus de sa tête. Il l'attrapa avec sa bouche alors qu'il redescendait. Puis il l'avala. *Gloups !*

Bien plus bas, cinq enfants-dieux olympiens étaient retenus captifs dans les profondeurs du ventre sombre et énorme du géant. Ils entendirent des bruits visqueux. Quelque chose dégringola à toute vitesse de la gorge du roi des Titans, comme une boule de neige descendant le mont Olympe. Ils se renfoncèrent tous pour éviter d'être

écrabouillés par cette chose, peu importe ce qu'elle était.

Paf! Le nouvel arrivant heurta le fond de l'estomac de Cronos.

— Salut? murmura Poséidon dans l'obscurité. Es-tu l'un des nôtres? Un autre Olympien?

Pas de réponse.

— Peut-être est-il mort, dit Hadès d'une voix sombre.

Cronos fit alors un énorme rot. De la lumière entra, au moment où il ouvrit la bouche, et éclaira son ventre. Les jeunes enfants-rois eurent un hoquet.

— Ce n'est pas un Olympien. C'est une pierre! s'exclama Déméter.

Héra passa sa main sur la pierre en forme de cône. Celle-ci faisait la moitié de sa taille.

— Cette chose pourrait être notre billet de sortie! murmura-t-elle, tout excitée.

En tâtonnant autour d'elle, elle trouva une belle arête de poisson provenant du dîner de Cronos de la veille. Elle se mit à graver à l'aveugle un message sur la pierre : *Aidez-nous! Nous sommes dans Cronos.*

— Attends une seconde, dit Hadès quand elle leur fit part de ce qu'elle avait écrit. Je ne suis pas certain de vouloir partir. Enfin, Cronos nous a avalés lorsque nous étions bébés, et nous ne sommes pas sortis depuis. Qui sait quels dangers rôdent là dehors? En plus, ça me plaît ici.

Pour quelque raison inexpliquée, les endroits sombres et malodorants ne l'importunaient pas.

— Eh bien, reste si tu en as envie, dit Hestia. Mais les autres veulent *sortir*!

Poséidon opina.

— Ouais. Veux-tu rester enfermé ici pour toujours? Si nous ne sortons pas, nous ne dépasserons pas l'âge de 10 ans. Le sortilège de Cronos ne nous le permettra pas.

Avant qu'Hadès ait pu répondre, ils entendirent Cronos aboyer un ordre à son armée. Il allait livrer bataille dans la ville de Delphes. Ils entendirent bientôt s'entrechoquer des épées tout autour d'eux. Il y eut davantage de cris — et de hurlements.

Les Olympiens eurent tôt fait de fabriquer un lance-pierres à partir du bréchet d'un vieux minotaure et d'un tendon élastique. (Il y avait toutes sortes de trucs rudimentaires dans le ventre de Cronos.) Après avoir fixé la pierre à la fronde, ils tirèrent l'élastique en arrière.

À trois, ils le lâchèrent. *Bing* ! La pierre en forme de cône remonta la gorge de Cronos et jaillit de sa bouche. Le fait qu'elle détruise une de ses dents de devant au passage fut la cerise sur le gâteau.

Même s'ils n'avaient aucun moyen de le savoir, la pierre roula en touchant le sol. Elle dévala une colline en rebondissant. Puis elle s'arrêta au pied d'un escalier en marbre menant à un temple.

Aussitôt, une femme vêtue d'une robe blanche et portant des lunettes se précipita au bas de l'escalier pour la ramasser. On aurait dit qu'elle attendait que la pierre arrive ! La pressant contre son cœur, elle disparut dans le temple, l'emportant avec elle.

chapitre I

Dix ans plus tard

Flash ! Un éclair lumineux descendit du ciel en zigzaguant.

Crac ! Il tomba sur un chêne vieux de 100 ans et le fendit en 2. Un coup de tonnerre retentissant se fit entendre.

— Aaah ! cria Zeus, âgé de 10 ans.

Il lâcha l'épée en bois avec laquelle il s'entraînait. S'écartant de la voie que prit l'arbre en tombant, il détala. Il avait le sentiment que le prochain éclair serait pour lui. Pourquoi ? Parce qu'il avait déjà été foudroyé une douzaine de fois durant sa courte vie.

Un vent violent fouetta ses cheveux noirs tandis qu'il courait se mettre à l'abri. Le cœur battant plus vite que celui d'un colibri, Zeus plongea dans l'entrée d'une grotte. Un nouvel éclair lumineux frappa la poussière juste devant, manquant son pied de peu.

Flash! Boum! Il se recroquevilla derrière un rocher, la tempête faisant rage tout autour. Cette grotte était sa maison — la seule qu'il ait jamais connue. Et, d'aussi loin qu'il se souvienne, les orages avaient toujours été des événements quotidiens ici, en Crète.

Cela le terrifiait. Qui aimerait être foudroyé, après tout? Cela vous projetait en l'air et vous secouait le cerveau. Il savait de quoi il parlait!

Mais ce n'était pas le plus effrayant. À chaque fois qu'il se faisait foudroyer, il entendait une voix lui murmurer : « *Tu es l'élu.* » Qu'est-ce que cela pouvait bien signifier?

Un autre éclair de lumière découpa les nuages, suivi par les roulements du tonnerre. La pluie fouetta le sol. Elle aplatit les herbes devant la grotte et transforma en boue la poussière. Puis, aussi soudainement qu'il avait débuté, l'orage se dissipa. Les

nuages se déplacèrent, le soleil se pointa et la terre commença à sécher.

Plus courageux à présent, Zeus plaça ses pouces dans ses oreilles et remua ses doigts.

— Nananère, tu m'as loupé, dit-il en narguant le bruit lointain du tonnerre.

Il entendit à proximité le son d'une cloche suivi d'un bêlement. *Bêêê!* Une chèvre arriva en trottinant.

— Amalthée!

Il jeta ses bras autour du cou de la chèvre, content de la voir saine et sauve.

Quelques instants plus tard, une nymphe descendit en glissant d'un saule gracile et galopa traire la chèvre. Quand elle eut fini, elle tendit sans dire un mot une tasse du lait riche et crémeux à Zeus. Il le but d'un seul trait, puis la remercia d'un signe de tête.

Boum! Boum! Boum! Le sol se mit à trembler sous eux. On aurait dit qu'une armée entière venait par là. Les yeux de la nymphe s'arrondirent.

— Cachons-nous! siffla Zeus.

Il courut de nouveau vers la grotte tandis qu'elle sautait dans le saule. Perdue au milieu des branches et des feuilles, elle était invisible. Jetant un œil derrière le rocher, Zeus fut soulagé de constater qu'Amalthée n'était nulle part en vue. Il espérait qu'elle reste éloignée le temps que ce nouveau danger soit passé.

Trois hommes s'avancèrent bientôt dans la clairière. Des demi-géants, de toute évidence. Ils étaient si grands que leur tête arrivait au même niveau que le sommet du saule de la nymphe. Ils n'étaient cependant pas aussi grands que les vrais Titans. Les véritables géants faisaient la taille d'un chêne !

Ces demi-géants portaient des casques rutilants et des lances. Deux lettres étaient gravées sur leur casque et leur armure en fer : *RC*. Ce qui voulait dire « Roi Cronos ». Et cela signifiait qu'ils étaient des cronôtres — des soldats au service du roi des Titans.

Zeus frissonna. Les cronôtres terrorisaient le pays, volant l'argent et la nourriture des fermiers et des villageois.

Quiconque résistait était emmené dans un donjon — ou pire. Il se recroquevilla dans sa cachette.

L'un des demi-géants, un cronôtre affublé d'un double menton, gratta son ventre rond. Il jeta un œil au versant de la montagne.

— Il y a beaucoup de pommeraies par là, dit-il. Il doit être facile de ramasser des pommes.

Un cronôtre à barbe noire se mit à rire.

— Surtout quand on peut obliger les fermiers à les ramasser *pour* nous !

Zeus trembla de colère. La moitié de lui-même avait envie de dire à ces demi-géants ce qu'elle pensait d'eux. Mais l'autre moitié était trop trouillarde. Et puis, que pouvait-il faire ? Il n'était qu'un enfant. Ils l'écrabouilleraient comme un insecte sous leurs énormes sandales !

Il avait entendu des histoires au sujet de ceux qui avaient essayé de les combattre et qui avaient échoué. Maintenant, tout le monde s'inclinait devant les cronôtres. Pas envie de se faire piétiner.

Bêêê! bêêê! Il entendit soudain le léger tintement de la cloche d'Amalthée. Oh non! elle revenait.

Le tintement se faisant plus fort, les cronôtres la repérèrent.

— Hmm. Je me ferais bien de la viande de chèvre pour le dîner, dit celui au double menton.

Il leva sa lance. Zeus ouvrit la bouche pour crier « Stop! » mais avant qu'il le fasse, le demi-géant laissa retomber son arme.

— *Aïe!* hurla Double Menton en se frottant la nuque.

Pendant ce temps, Amalthée avait redescendu la colline en trottinant, hors d'atteinte.

Les deux autres cronôtres le regardèrent en fronçant les sourcils.

— Qu'est-ce que tu as? demanda Barbe Noire.

— J'ai été piqué par une abeille! ronchonna Double Menton.

Zeus fit la grimace en voyant l'abeille bourdonner autour de la tête du demi-géant avant de s'éloigner. C'était Mélissa.

Depuis qu'il était mystérieusement arrivé dans la grotte comme orphelin 10 ans auparavant, elle avait veillé sur lui avec la nymphe et Amalthée. Il était heureux de leur compagnie. Cependant, il se demandait souvent qui étaient ses parents et pourquoi ils l'avaient abandonné.

Le troisième demi-géant, qui arborait un immense tatouage de lion sur son épaule, regarda nerveusement autour de lui.

— On devrait y aller, dit-il. Au cas où d'autres abeilles arriveraient.

Zeus faillit éclater de rire à la pensée des redoutables soldats du roi Cronos effrayés par une chose aussi petite qu'une abeille. En temps normal, Mélissa aurait été incapable de faire du mal à une mouche. Mais les cruels demi-géants méritaient tout ce qu'elle pouvait leur réserver.

— Qu'est-ce que c'est ça ? demanda Double Menton, les yeux fixés sur la grotte.

Zeus frissonna. S'était-il fait repérer ? Si c'était le cas, il était cuit ! Mais il comprit alors ce que regardait véritablement le cronôtre — la tasse de Zeus. Il l'avait laissée sur le sol, exposée à la vue de tous !

Tatou de Lion fut le premier à atteindre la tasse. La ramassant, il la renifla avec curiosité. Puis il la renversa dans le creux de sa main.

— Du lait frais, grogna-t-il, alors que quelques gouttes blanches coulaient. Quelqu'un vit ici.

Le regard des trois cronôtres se tourna en direction de l'entrée de la grotte. Baissant la tête, Zeus se fit tout petit. Si seulement il pouvait se fondre dans la roche comme la nymphe s'était fondue dans l'arbre !

Les pas résonnèrent, plus proches. Une haleine chaude. Zeus fut soudainement arraché de sa cachette comme un brin d'herbe d'une pelouse. Ses jambes pendaient dans les airs, impuissantes, tandis que ses bras tournoyaient.

Le tenant de deux doigts gras, Double Menton le dévisagea, les yeux dans les yeux, en se léchant les babines. Zeus ferma les yeux, comme si cela allait faire disparaître les géants. Cela ne fonctionna pas. Et cela ne couvrit pas non plus le bruit terrible des paroles de Double Menton.

— Hum, hum, ça sent la chair fraîche. Je mangerais bien un petit garçon !

chapitre 2

Au revoir la Crète!

S'il te plaît, ne me mange pas! Je suis à
peu près sûr que je n'ai pas bon goût.
Comme... comme de la mousse de
grotte, ou de la merde de chauve-souris, dit
Zeus d'une voix rauque. En plus, je suis plein
d'os. Je pourrais rester coincé dans ta gorge.

Double Menton rit.

— Ah ah! un peu d'huile d'ail, et je
t'avale d'un coup, comme une friandise!

— Miam, une friandise.

Barbe Noire poussa un long soupir,
comme s'il se souvenait des friandises dont
il s'était régalé dans le passé.

— Ou bien on peut t'amener au roi
Cronos et *il* ne fera qu'une bouchée de toi!
dit Tatou de Lion.

Il fit un clin d'œil à ses copains.

— Le garçon aura beaucoup de compagnie dans le ventre du roi.

Qu'est-ce que c'est censé signifier? se demanda Zeus. Il songea à essayer de se libérer de la prise de Double Menton. Mais le sol était très loin en dessous.

— Comment allons-nous le préparer? demanda Double Menton aux deux autres. Au gril?

— Je dirais en purée, dit Barbe Noire.

— Plus tard, dit Tatou de Lion. Le déjeuner attendra. Nous avons de la route à faire.

Ce doit être le chef, pensa Zeus.

Double Menton posa Zeus au sol. Puis il se défit rapidement de son casque RC. Il le prit des deux mains et, se pliant en deux, le posa sur la tête de Zeus. Il était si grand qu'il glissa de ses épaules à ses poignets.

Ahuri, Zeus regarda à travers la grille qui se trouvait sur le devant du casque en fer. Il était emprisonné dans un casque!

Il ne pouvait absolument pas bouger ses bras. Le casque était si juste qu'il l'enserrait de tous côtés. Il tenta de s'enfuir en courant, mais il trébucha et ne put se relever. Il roula sur le sol comme un insecte sur le dos, incapable de se redresser.

Double Menton et Barbe Noire étaient secoués par un fou rire. Mais Tatou de Lion gronda :

— Déplacez-le !

Double Menton remit aussitôt Zeus sur ses pieds. Puis il piqua le casque du bout de sa lance.

— Tu as entendu. Bouge-toi !

Zeus avança. Que pouvait-il faire d'autre ?

Alors qu'ils descendaient la colline, quelque chose fondit sur eux. La nymphe était sortie du saule. Elle essayait de le sauver ! Mais les demi-géants la balayèrent d'un revers de main comme si elle pesait moins lourd qu'une feuille.

Ils n'avaient avancé que de quelques pas lorsqu'Amalthée apparut. La chèvre les chargeait. Quand elle arriva sur Barbe Noire, elle se leva d'un bond et lui botta le derrière.

— Hé, toi... hurla-t-il.

Se retournant, il attrapa la chèvre par le cou.

— Non! hoqueta Zeus, certain qu'Amalthée était fichue.

Il entendit soudain un bourdonnement au-dessus de lui. *Mélissa!* Elle fonçait tout droit sur les demi-géants.

Zeus l'encouragea.

— Vas-y, l'abeille!

— Va-t'en! dit Tatou de Lion en poussant un cri strident, agitant les mains pour la faire dégager.

Double Menton tendit le bras et frappa l'abeille d'un revers de main assez puissant pour l'envoyer culbuter sur un lit de pâquerettes. Zeus fut soulagé de voir Mélissa ramper sous un champignon vénéneux, saine et sauve.

Pendant ce temps, la chèvre s'était échappée des grandes mains de Barbe Noire en se tortillant. Celui-ci fit quelques pas en sa direction. Mais, quand elle zigzagua en haut d'une falaise, il abandonna.

— On dirait que cette chèvre t'a eu, le taquina Zeus. On dirait que je n'apporte que des problèmes. Vous devriez peut-être me laisser partir.

Barbe Noire se contenta de lui lancer un regard noir.

— Aucune chance, dit Tatou de Lion en se remettant en route. Les petits goûters comme toi finissent par devenir des combattants adultes. Qui sait quels problèmes tu nous causerais alors ?

— Qui ? Moi ?

Zeus essayait de ne pas se prendre les pieds en se dépêchant pour rester au niveau des géants. C'était un garçon de 10 ans. Un orphelin qui vivait dans une grotte. Même s'il aimait prétendre combattre à l'épée, il n'en avait pas les compétences. Ses parents, quels qu'ils soient, n'étaient pas là pour lui apprendre. Et, même s'il avait envie de découvrir le monde, il ne s'était jamais rendu nulle part. Quel problème pourrait-il causer ? Il n'était personne !

Zeus eut un petit rire forcé tout en continuant à avancer en trébuchant.

— Oh, ah ah, hé hé, dit-il. J'ai compris. Vous plaisantez, c'est ça ? Parce qu'il n'y a aucune raison pour que vous ayez peur de moi. Ce serait comme avoir peur de quelque chose d'aussi petit que...

Penchant sa tête sur le côté, il fit semblant de réfléchir une seconde. Puis, s'illuminant, il jeta un œil à Tatou de Lion à travers la grille :

— ... aussi petit qu'une *abeille* !

Les deux autres cronôtres ricanèrent. Tatou de Lion le fusilla du regard.

— Dès que nous trouvons de l'huile d'ail, tu finis en tartine, dit-il à Zeus.

L'estomac de Barbe Noire gargouilla, et il dévisagea Zeus avec convoitise.

— Hmm... une tartine.

Oh-oh ! Zeus se dit qu'il ferait mieux de ne pas être *trop* agaçant. Parce que ses ravisseurs pouvaient aussi bien le manger tout de suite !

— Ne les écoute pas. Je t'aime bien, gamin, dit Double Menton. Tu as du cran.

Zeus n'était pas certain de savoir ce qu'était le « cran ». Mais il espérait que ce ne soit pas quelque chose que les demi-géants trouvaient goûteux.

— Ça veut dire que tu vas me laisser partir?

— Nan.

Double Menton secoua la tête.

— Tu viens avec nous. Tu pourras nous divertir.

— Ouais, voyons s'il court vite, dit Tatou de Lion avec un sourire lugubre.

Là-dessus, les demi-géants dévalèrent la pente de la montagne. Comme ils le faisaient marcher devant eux, Zeus dut se dépêcher pour ne pas se faire écraser. Il trébucha, tomba sur le côté et roula en bas de la colline.

Paf! Il s'arrêta en cognant le tronc d'un arbre dans la pommeraie. Heureusement, le casque l'empêcha de se blesser. Il se releva en chancelant, tout étourdi, au moment où les trois cronôtres entraient à leur tour dans la pommeraie.

Ils commencèrent à déraciner les arbres à main nue. Arrachant les pommes des branches comme si c'était des grappes de raisin, ils les jetaient dans leur bouche. Ils descendirent la colline en mâchant et croquant. Dès que Zeus ralentissait, ils le poussaient du bout de leur lance pour qu'il garde le rythme.

Ils finirent par atteindre la mer. Zeus n'avait pas vu âme qui vive tout le long du chemin. Tout le monde avait dû entendre arriver les cronôtres. Ils n'étaient pas tout à fait silencieux. Et, en les entendant, quiconque possédant une once d'intelligence allait se cacher.

— Regardez ! brailla Double Menton en pointant du doigt un bateau amarré. Un moyen de transport gratuit.

Les voiles du navire étaient à moitié déployées, comme si l'équipage l'avait abandonné en toute hâte. Les cronôtres jetèrent Zeus à bord, sautèrent et mirent les voiles.

— Attendez ! cria Zeus. Où allons-nous ?

chapitre 3

Problèmes en vue!

En quoi ça te regarde, amuse-gueule!
gronda Tatou de Lion en réponse à
la question de Zeus.

Peut-être était-il encore vexé que tout
le monde se soit moqué de sa phobie des
abeilles. Cependant, Zeus se sentait moins
gêné par sa propre peur des orages en
sachant que ce chef demi-géant était effrayé
par une si petite bestiole.

— Nous allons en mer Méditerranée,
jusqu'à Delphes, lui dit Double Menton.

— Delphes, en *Grèce*? demanda Zeus,
abasourdi.

— Non... Delphes, sur la lune, plaisanta
Barbe Noire. Bien sûr, Delphes en Grèce.
Nous allons rejoindre l'armée de Cronos

là-bas. Et ça va être un long voyage, qui va donner *faim*, ajouta-t-il à dessein.

Aaah ! Cela ne lui disait rien qui vaille. Cependant, Zeus ne pouvait s'empêcher de se sentir excité. Sa grotte en Crète avait été si ennuyeuse. (Sauf en cas d'orage !) Il était reconnaissant à la nymphe, à l'abeille et à la chèvre de s'être bien occupés de lui, mais il avait toujours cru, en son for intérieur, qu'il était destiné à une vie plus trépidante.

Pendant des années, il avait cru que ses parents viendraient le chercher un jour. Mais ce rêve s'était évanoui au fil du temps. Maintenant qu'il partait à la découverte du monde, peut-être *les* trouverait-il. S'il ne finissait pas en amuse-gueule auparavant !

— Qu'allez-vous faire en Grèce ? demanda-t-il.

Barbe Noire afficha un sourire diabolique en se frottant le ventre.

— Tout d'abord, cuisiner un gâteau au petit garçon.

Zeus pensa qu'il était préférable de ne pas répondre à ça. Tandis que les demi-géants étaient à la barre, il regarda le navire fendre l'eau bleue étincelante de la mer Méditerranée. Il avait toujours eu envie d'aventure. Cela aurait pu en être une agréable s'il avait été en meilleure compagnie, moins affamée.

Semblant deviner ses craintes, Double Menton tenta de le rassurer.

— Bah, ignore-les, Amuse-gueule. Nous avons suffisamment de pommes pour le moment. Ne t'inquiète pas. Tu as encore quelques heures devant toi.

Zeus décida qu'il était plus sympathique que les deux autres. En quelque sorte.

Soudain, le vent se leva.

— Une tempête s'annonce, remarqua Tatou de Lion en examinant le ciel qui s'assombrissait.

Il avait raison, vit Zeus en regardant les nuages noirs qui tourbillonnaient au-dessus de sa tête. La tempête de ce matin revenait. Mais, maintenant, il n'y avait nulle part où se cacher ! Coincé au milieu de la mer, il serait une cible idéale pour les éclairs lumineux qui semblaient le poursuivre où qu'il aille.

Il essaya de ne pas paniquer. Mais, en entendant le tonnerre gronder au loin, il se demanda si les demi-géants l'aimeraient grillé. Par la foudre.

Les soldats étaient occupés avec les voiles. Le vent les gonflait, faisant avancer le navire à toute allure. Zeus regarda à travers les barreaux de son casque, les yeux écarquillés.

— Vous voyez cette tempête ? Elle me poursuit, dit-il aux demi-géants. Et, si la foudre frappe ce navire, je ne serai pas le seul à griller.

Comme ses ravisseurs ne répondaient pas, Zeus se mit à sautiller.

— Vous m'écoutez, espèces de cronôtres ? Vous devriez retourner en Crète et me laisser partir !

Barbe Noire tendit le bras et donna un coup sec sur le casque de Zeus.

— Ne nous appelle pas comme ça ! Nous détestons ce surnom. Nous sommes des demi-géants, tu as compris ?

— Eh bien, je ne m'appelle pas non plus Amuse-gueule ! cria Zeus, se sentant grognon lui aussi. Mon nom est Zeus.

À ces mots, Tatou de Lion tourna la tête pour le regarder.

— Zeus? Hmm. Pourquoi ce nom me dit quelque chose?

Zeus haussa les épaules. Quand il avait été abandonné bébé, la nymphe l'avait trouvé allongé dans un panier avec un parchemin à côté de lui. Un mot y avait été inscrit : *Zeus*. C'était tout. Aucune chance que ce demi-géant ait pu entendre parler de lui.

— Aux abris! cria Double Menton, attirant l'attention de tous.

Il pointait à nouveau le ciel du doigt.

Parmi les nuages au loin, Zeus discerna cinq masses sombres se dirigeant vers eux. Quoi qu'elles fussent, elles semblaient inquiéter les demi-géants.

À peine une seconde plus tard, la tempête était sur eux, les transperçant de pluie et de vent. Les vagues les faisaient tanguer d'avant en arrière, secouant le bateau comme un jouet. Ses trois ravisseurs faisaient tout leur possible pour garder la maîtrise du bateau.

Le tonnerre grondait, plus proche maintenant.

— Et c'est reparti, murmura Zeus.

Mais, pour une raison quelconque, la foudre l'épargna. Et, au lieu d'essayer de les couler, le vent les poussait dans la direction voulue. À cette allure, ils seraient à Delphes en un rien de temps. C'était presque comme si la tempête voulait qu'ils fassent vite.

Crôa! Crôa! Zeus leva les yeux de nouveau. Les cinq masses noires avaient gagné du terrain. C'étaient des oiseaux! Des gros.

— Aaah!

Les demi-géants couraient en tous sens sur le pont, se lançant des regards inquiets.

— Quels soldats vous faites... effrayés par des corbeaux! cria Zeus par-dessus le vent.

— Ce sont des harpies, espèce d'idiot! s'écria à son tour Double Menton. Elles vont t'arracher les yeux en moins de deux.

Zeus colla son nez contre les barreaux de sa prison-casque et regarda mieux les oiseaux au-dessus de sa tête. Wouah! Ils étaient plus gros que lui, se rendit-il compte.

Et ils avaient de longs cheveux bouclés qui flottaient derrière eux tandis qu'ils montaient et descendaient les courants d'air. Des oiseaux avec des *cheveux*?

Puis il remarqua quelque chose de plus bizarre encore. Ils avaient des visages de femmes! Mais ce qui le secoua *réellement* fut la vue de leur bec courbé, aiguisé comme une lame de rasoir. Ça et le regard dément de leurs yeux perçants. Il frissonna.

Il rassembla son courage en vitesse. Ces femmes oiseaux étaient peut-être malveillantes, mais elles représentaient également une distraction. Et, pendant qu'elles retenaient l'attention des cronôtres, il pourrait bien réussir à se cacher. Mais où?

chapitre 4

Les harpies

Tâchant de garder l'équilibre sur le navire balloté par les flots, Zeus parcourut le pont à la recherche d'une cachette. N'importe laquelle.

Juste à ce moment, le bateau pencha fortement d'un côté. Il chancela et trébucha par-dessus la rambarde. Puis il tomba. Par-dessus bord.

Plouf! Il heurta la mer en furie la tête la première, plongeant profondément. Quand il reparut à la surface, il toussa et aspira l'air dans ses poumons. Stupéfait, il regarda le navire s'éloigner.

Il faisait du surplace, remuant ses jambes avec force. Il ne voulait pas se noyer ici!

Mais, avec ses épaules prisonnières du casque de Double Menton, il n'avait aucune chance de survivre. Le casque en fer était lourd. Bien sûr, il savait nager, mais pas sans l'usage de ses bras. Et encore moins dans cette mer agitée. Et il était plutôt loin de la terre.

— Au secours! cria-t-il en direction du bateau.

À sa grande surprise, il fit demi-tour et s'avança vers lui, luttant contre le vent. Tatou de Lion se trouvait à la proue, manifestement déterminé à le sauver. Pourquoi revenaient-ils? Les pommes en venaient-elles à manquer? Avaient-ils encore faim?

Quand le navire s'approcha, Tatou de Lion pointa un doigt sur Zeus.

— Toi! Je viens de me rappeler où j'ai entendu ton nom.

Il se pencha par-dessus bord, tentant d'accrocher la grille du casque de Zeus avec son harpon.

Zeus fronça les sourcils et partit en rétropédalage. Comment le demi-géant pouvait-il avoir entendu parler de lui?

Si Tatou de Lion savait vraiment quelque chose sur lui, peut-être connaissait-il ses parents. Zeus avait été incapable d'apprendre quoi que ce soit sur eux durant toutes ces années. Mais, à présent, il caressait de nouveau l'espoir de découvrir quelque chose.

Alors que s'approchait le crochet du harpon, une ombre fondit sur lui. *Crôa! Crôa!* Zeus leva les yeux. Les harpies!

Voum! L'une d'elles plongea sur lui. Ses serres, pointues comme des poignards, s'enroulèrent autour des grilles du casque. Zeus baissa la tête autant qu'il le put à l'intérieur du casque.

Au même moment, Tatou de Lion lança son harpon. Mais il n'attrapa que de l'air. Zeus était déjà entre les griffes des harpies dévoreuses de petit garçon!

Il s'éleva, encore et encore. De plus en plus haut. Puis il vola. Où les harpies l'emmenaient-elles? Sans doute dans leur nid, où il allait servir de déjeuner à un nouveau-né harpie. On aurait dit que tout le monde avait décidé de le manger aujourd'hui!

Zeus tourna sur lui-même, tentant de s'échapper du casque. Il commença à se desserrer. Il bondit un grand coup. Il était libre !

Et en train de tomber !

Avant qu'il puisse chuter, des serres s'enroulèrent autour de chacun de ses bras et le retinrent. Deux autres harpies l'avaient attrapé, une de chaque côté. Au moins n'était-il plus prisonnier du casque, mais ce n'était pas beaucoup mieux.

— Où m'emmenez-vous ? demanda-t-il.

Mais ses paroles furent emportées par le vent. Et ils continuèrent à voler, le navire n'étant bientôt plus qu'un petit point au loin.

Il n'avait pas voulu servir d'amuse-gueule aux demi-géants. Mais il n'avait pas envie d'être picoré, jusqu'à ce que mort s'ensuive, par ces femmes-oiseaux, ni par leurs bébés. Tout à coup, être avalé par Barbe Noire semblait être le moindre des maux.

Tournant la tête, Zeus scruta l'horizon lointain. Il ne pouvait plus voir ni le bateau ni son île natale de Crète. N'allait-il plus jamais revoir ses amis — la nymphe, l'abeille et la chèvre, qui l'avaient élevé pendant 10 ans ? Il avait désiré découvrir le monde, mais pas de *cette* façon ! Il était maintenant à la merci de ces oiseaux cinglés. Et il ne pouvait qu'attendre et voir ce qu'ils allaient faire.

Crôa ! Crôa !

Se dirigeant au nord vers la Grèce, les harpies volaient comme le vent, devançant la tempête. Les oiseaux volaient en V, l'un d'eux en tête, suivi par deux autres, de chaque côté. De temps à autre, ils échangeaient leur place, dès que la demoiselle de tête fatiguait.

Rrrou ! Rrrou ! Zeus tourna la tête et vit un pigeon qui volait à leurs côtés. Un morceau de papyrus roulé était coincé dans son bec. Un message ! Il ne put en lire que deux mots : *Capturez Zeus.*

Hein ? Zeus cligna des yeux plusieurs fois de suite. Sa vue lui jouait-elle des tours ? Peut-être l'altitude élevée affectait-elle son cerveau et lui causait-elle des hallucinations.

Moins d'une heure plus tard, les harpies atteignirent les rivages de la Grèce. En dessous, le port grouillait de bateaux. Le pigeon descendit en piqué, se dirigeant vers l'un d'eux. Zeus s'aperçut qu'il s'agissait de navires militaires. Avec des dizaines de demi-géants à leur bord.

Il regarda le pigeon livrer son message à un demi-géant portant un uniforme de capitaine. Après l'avoir rapidement parcouru, le capitaine pointa les harpies du doigt. Il cria des ordres à son équipage.

À la stupéfaction de Zeus, tous se mirent à courir. Ils partaient en chasse. Mais il n'y avait pas la moindre chance que ces cronôtres les attrapent. Ils étaient au sol. Les harpies et lui volaient.

Et pourquoi l'armée était-elle à sa poursuite, d'ailleurs? Étaient-ils également affamés, comme les demi-géants qu'il avait précédemment rencontrés? Il y avait sûrement d'autres garçons à manger. Des garçons plus faciles à attraper!

Les harpies poursuivirent leur vol, passant au-dessus des collines couvertes de vignes et d'oliviers. Zeus voyait, ici et là, un bataillon du roi Cronos marchant en ordre de bataille dans la campagne. *Pourquoi y en avait-il autant ?* se demanda-t-il. C'était presque comme s'ils se préparaient à la guerre !

chapitre 5

Foudre

Zeus repéra bientôt une ville en dessous. Des bâtiments en marbre, ornés de grandes colonnes blanches, et des maisons en pierre plus petites, accrochées à la colline. Ses ravisseurs ailés plongèrent, se préparant à l'atterrissage.

Les sandales de Zeus touchèrent le sol. Il le heurta en courant. Puis il trébucha et partit en roulé-boulé.

Quand il finit par s'arrêter, il était assis sur la route sale, sonné. Les cinq harpies firent un cercle autour de lui. Il ne vit aucun nid à proximité. Ni aucun oisillon affamé. *Bien*. Mais que voulaient ces harpies?

La plus grande d'entre elles l'examina et lécha ses lèvres pointues en forme de bec.

Les autres avaient les yeux noirs, mais ceux de celle-ci étaient rouges. Elle se pencha en battant des ailes avec fébrilité.

— *Fuîîîî!* cria-t-elle.

Beurk. Zeus se pinça le nez avec deux doigts. Son haleine empestait. Elle sentait la moufette et le fromage puant.

— Du bent, les boiseaux! ordonna-t-il.

Ne le comprenant pas, les harpies se contentèrent de pencher la tête avec curiosité.

Zeus relâcha à peine son nez pour répéter:

— Du vent, les oiseaux!

Mais ils ne reculèrent pas, si bien qu'il pinça son nez de nouveau.

À présent, les cinq oiseaux braillaient de concert:

— *Fuîîîî! Fuîîîî!*

Il était encerclé par l'haleine des oiseaux. Dégoûtant.

Entendant des bruits de pas et des sabots de cheval, il se mit debout. Il jeta un œil par-dessus l'aile de la harpie aux yeux rouges.

De l'autre côté, s'amassait une troupe de demi-géants! La mauvaise haleine à couper le souffle des oiseaux pouvait sans doute les anéantir à 20 pas. Mais de quel côté étaient ces oiseaux? Du sien ou de celui des demi-géants?

— *Fuîîîî!*

La harpie aux yeux rouges battait des ailes comme pour le chasser.

Zeus se lâcha le nez encore une fois.

— Oh! j'ai compris! Tu veux dire *fuis*? Comme dans *s'échapper*? Bonne idée.

Il regarda autour de lui. Derrière lui, des marches menaient à une sorte de temple. Devant lui, se trouvaient les harpies malodorantes. Et, juste de l'autre côté, les demi-géants dévoreurs de petits garçons.

Il n'était pas stupide, en dépit de ce qu'avaient pensé les demi-géants sur le bateau.

— Merci pour la balade! dit-il aux oiseaux. Peut-être pourrai-je vous rendre la pareille un jour.

Ne voyant pas de meilleur choix, il se retourna et monta les marches deux à deux.

Les harpies décollèrent, donnant des coups d'ailes aux demi-géants pour les retarder. Une fois à l'intérieur du temple, Zeus rechercha une sortie par derrière.

Le temple était circulaire, mais pas très grand. Son sol et ses murs étaient faits de marbre blanc étincelant. De grandes colonnes s'élevaient le long des murs, et le toit était en dôme. Mais il n'y avait aucune issue de secours.

Il entendit des cris dehors. Quelques cronôtres avaient réussi à passer les oiseaux. Il pouvait maintenant être capturé à tout moment. Il devait faire quelque chose — et vite !

Zeus repéra de petites urnes contre le mur. Mais elles n'étaient pas assez grandes pour se cacher dedans. Une table basse était disposée au milieu du sol. Elle était recouverte d'une longue nappe bleu foncé. Et, pour une raison quelconque, une grosse pierre était posée dessus. La pierre était en forme de cône et faisait la moitié de sa taille.

Zeus se précipita vers la table. Il espérait qu'il y ait suffisamment d'espace pour qu'il puisse plonger en dessous et se cacher.

Poum ! Poum ! Poum ! Trop tard ! Les soldats étaient à l'intérieur du temple maintenant, presque sur lui. Les pas se rapprochaient.

— Le voilà ! fit une voix.

— Attrape-le ! lança une autre.

Zeus chercha désespérément des yeux une arme pouvant les tenir à distance. N'importe quoi ! Apercevant un long bâton déchiqueté, enfoncé par la pointe dans la pierre conique, il l'attrapa.

Et tira.

Le bâton déchiqueté glissa de la pierre comme un couteau d'une pêche mûre. Il s'était attendu à ce que ce soit plus difficile. Il tomba vers l'arrière sous la force de sa traction.

Le bâton blanc et brillant scintilla dans ses mains. Ses bords semblaient tranchants, et sa lame, parfaitement polie. En fait, ce n'était pas du tout un bâton. Cela ressemblait davantage à une épée. Mais pas une épée comme celles qu'il avait l'habitude de voir.

Les épées étaient droites, pas tordues comme un zigzag. Et cette chose était aussi longue que lui. Et plus légère que l'épée en bois qu'il avait fabriquée chez lui.

L'agrippant des deux mains, il l'agita en direction de ses agresseurs. Elle crépitait et craquait à chacun de ses mouvements. Il s'était senti brave en s'exerçant avec son épée maison en bois plus tôt ce matin-là. Mais là, c'était un véritable combat. Et à présent ses mains tremblaient.

La pointe du zigzag toucha le plastron du premier soldat. Des étincelles jaillirent. Les demi-géants s'arrêtèrent net.

Ils se mirent tout à coup à reculer, murmurant, bouche bée :

— Il l'a sorti !

— Qui est-il ?

— Comment un garçon mortel peut-il réussir là où tout le monde a échoué ?

Zeus regardait avec horreur ce qu'il avait en main. Parce qu'il venait de remarquer quelque chose de vraiment bizarre et plutôt effrayant. La lame en zigzag qu'il avait tirée de la pierre n'était pas un bâton. Ce n'était pas non plus une épée.

Non — c'était plutôt un véritable, étincelant, grésillant, terrifiant *éclair* !

chapitre 6

Une femme dans la brume

Attends que le roi Cronos entende parler de ça ! cria l'un des cronôtres.

Il se précipita hors du temple et descendit les marches en trombe. Puis il bondit sur sa monture et partit au galop.

Les soldats encore sur place continuaient à s'éloigner de Zeus et son éclair. Voyant à quel point tous étaient effrayés, Zeus reprit courage.

— Ouais, c'est vrai, se moqua-t-il. Vous *feriez mieux* de courir !

Il s'avança brusquement en brandissant l'éclair comme il s'y était entraîné avec son épée en bois à la maison.

Battant en retraite, les demi-géants s'enfuirent du temple et descendirent l'escalier. Mais ils n'allèrent pas plus loin. Comment allait-il pouvoir s'échapper s'ils l'attendaient dehors ?

Une chose était certaine : il n'allait pas emporter cet éclair avec lui quand viendrait l'opportunité de s'enfuir. Il le regarda du coin de l'œil, inquiet. Et s'il décidait de se retourner contre lui, de sauter de sa main et de le foudroyer ?

Se penchant en avant, il le déposa soigneusement sur le sol en marbre. Puis le lâcha. Ou essaya, en tout cas.

Ses doigts ne voulaient pas s'ouvrir ! À l'aide de son autre main, il tenta de les défaire de l'éclair. Mais ses doigts ne faisaient que resserrer leur emprise. La force de l'électricité qu'il contenait s'était-elle mêlée à sa peau ? Non, il ne sentait pas de brûlure ni rien d'autre.

Frrrt ! L'éclair brilla soudainement plus fort et crépita d'étincelles électriques.

— Laisse-moi ! cria Zeus, paniqué.

Il secoua la main de toutes ses forces. Pas de chance. Cet éclair était collé à lui comme la puanteur aux harpies.

Entendant un sifflement derrière lui, il fit un bond en arrière. Une grande fissure lézarda brutalement le sol en marbre étincelant à quelques pas de lui. Une bouffée de vapeur dorée et brillante s'échappa de la lézarde. Elle prit la forme d'un nuage de brume s'élevant dans l'air.

Une voix de femme parvint de l'intérieur du brouillard.

— Es-tu l'élu?

Zeus plissa les yeux vers l'épais nuage de vapeur. Qui pétillait, pétaradait et clignotait. Était-ce à cela que ressemblait la magie?

— Qui est là? C'est à moi que vous parlez? demanda-t-il.

Une femme sortit du nuage de brume. Zeus ne put s'empêcher de la dévisager. Ses cheveux brillants étaient noirs comme la nuit. Une robe blanche comme neige la couvrait des pieds à la tête. Il ne pouvait voir que son visage.

Mais pas ses yeux. Parce que les lunettes qu'elle portait étaient totalement recouvertes de la buée provenant de la brume scintillante qui l'entourait.

Le bras de la femme se leva lentement. Elle pointa un long doigt sur l'éclair.

— As-tu retiré ceci de la pierre?

— Oh, désolé. C'est à vous? demanda Zeus, avec espoir. Parce que vous pouvez le récupérer. Tenez, prenez-le.

Il le lui tendit, déçu qu'elle n'accepte pas son offre.

Elle tourna autour de lui. Le nuage de brume la suivit.

— Tu es jeune, comme dans la prophétie, dit-elle en l'étudiant sous tous les angles. Oui, oui, je vois, dit-elle au bout d'un moment. Tout est clair maintenant.

Qu'est-ce qui était clair? se demanda Zeus. Et comment pouvait-elle voir quoi que ce soit à travers ces lunettes embuées?

Elle posa le bout de ses doigts sur son front, comme si elle se concentrait fortement. Il n'avait pas de temps pour ça,

pensa-t-il avec impatience. Il devait échapper à ces cronôtres !

Après avoir de nouveau posé l'éclair sur le sol, il marcha dessus cette fois-ci. Puis il tira sur son bras. *Zut*. Il ne pouvait toujours pas s'en débarrasser.

— Ton nom ! demanda la femme, baissant ses mains. Est-ce que c'est Goose ?

— Goose ? Non ! C'est Zeus, marmonna-t-il, gêné.

Il s'était toujours dit que son nom était un peu bizarre. La plupart des enfants en Crète s'appelaient Alexandre, ou Nicolas, ou quelque chose d'aussi cool et respectable. Mais même Zeus était mieux que Goose !

— Ah, pardonne-moi, dit la femme.

Comme il se redressait, elle lui fit une petite révérence.

— Je suis Pythie, l'oracle du temple de Delphes. Je peux voir l'avenir, mais parfois ma vue est trouble. À cause du brouillard, tu comprends ?

Il y eut un fort sifflement, et un autre nuage de vapeur s'éleva du sol. La buée se fit plus épaisse autour d'elle.

À ces paroles, Zeus sentit l'excitation monter en lui.

— Si vous pouvez voir l'avenir, dites-moi ceci : comment puis-je me débarrasser de cet éclair ?

Elle secoua la tête, sa robe se balançant de même.

— Ça, je ne peux pas te le dire. Ce n'est pas moi qui choisis les révélations.

L'estomac de Zeus se noua. Quelle sorte de pouvoir lamentable était-ce là ?

Comme si elle lisait dans ses pensées, ou du moins sentait sa déception, Pythie ajouta :

— Mais je sais une chose : ton éclair a des pouvoirs magiques extraordinaires.

— Magiques ? C'est vrai ?

Zeus scruta l'éclair. Il rayonnait, semblant particulièrement animé, comme s'il était excité de retenir son attention. Intéressant. Il avait déjà entendu parler de choses magiques, mais n'en avait pas encore vues. Il ne s'était évidemment jamais attendu à en *posséder* une. Avait-il voulu s'en débarrasser trop vite ?

— Seul le véritable roi des Olympiens est capable de retirer cet éclair de la pierre conique, lui apprit Pythie.

Roi des Olympiens ? Lui ? *Cette femme ne sait pas de quoi elle parle*, pensa Zeus.

Il secoua lentement la tête.

— Sûrement pas, lui dit-il. Je ne suis pas roi. Je suis juste un enfant mortel. Peut-être devriez-vous continuer à chercher ce type, Goose. C'est sans doute celui que vous attendez.

Bien qu'il ne pût voir ses yeux derrière ses lunettes embuées, Zeus sentit le vif intérêt qu'elle éprouvait pour lui. Il y eut un court silence, puis elle dit :

— J'ai été trop pressée. Tu n'es pas encore prêt à entendre tout ce que contient la prophétie. Donc, pour le moment, considérons que tu es simplement un... un apprenti héros.

— Un héros ? dit Zeus.

Son visage s'éclaira.

— Épique !

Cela lui plaisait davantage. Les héros vivaient de chouettes aventures. Ils se lançaient dans des quêtes et d'autres trucs virils.

— Quelle est ma mission ? Quelle chose importante vas-tu me demander ?

— Va où te mène la pierre conique, répondit-elle.

Qu'est-ce que ça veut dire ? se demanda Zeus. Puis une pensée lui traversa l'esprit. Peut-être cette pierre conique le conduirait-elle à ses parents !

Mais, avant qu'il puisse lui poser la question, Pythie retourna dans la brume.

— N'aie crainte, fit sa voix désincarnée. Nous nous reverrons... bientôt.

— Attendez !

Zeus fit un bond en avant, traînant l'éclair derrière lui.

— J'ai encore des questions. Ne partez pas tout de suite !

chapitre 7

De mystérieux symboles

Zeus courut dans la brume, à la recherche de l'oracle. Mais elle était partie.

— Que vais-je faire, maintenant? gémit-il, les yeux fixés sur l'éclair.

Il était toujours suspendu à sa main. Je ne peux pas me déplacer avec ce truc constamment collé à moi pour le reste de ma vie.

«Va où te mène la pierre conique», avait dit Phythie. Si la pierre pouvait le *conduire*, elle devait être magique, elle aussi. Comme l'éclair. La pierre magique pourrait-elle l'aider à se libérer de cet éclair collant et remuant, et à retrouver ses parents? se demanda-t-il.

Zeus fit le tour de la table. Il observa la pierre conique qui s'y trouvait sous tous les angles. Elle était ornée d'étranges symboles noirs qu'il n'avait pas encore remarqués. Mais il ne pouvait les déchiffrer.

Il *était* cependant capable de lire les mots que quelqu'un avait gravés entre les symboles. Il les lut à voix haute :

« Aidez-nous ! Nous sommes dans Cronos. »

Alors que le dernier mot franchissait ses lèvres, il y eut un bruit de frottement. Puis... *paf!* un éclat de roche se détacha de la pierre conique et tomba au sol.

Il traversa le sol du temple en bondissant jusqu'à l'urne se trouvant contre le mur. Zeus partit à la recherche de l'éclat, traînant l'éclair derrière lui. Il était sur le point d'abandonner quand il entendit un couinement étouffé provenant du talon de sa sandale. On aurait dit une petite voix !

Il leva le pied et vit l'éclat de pierre conique là, sur le sol du temple. Il était ovale. Zeus le ramassa et l'examina. Il était gris et doux, comme la pierre principale. Mais il ne faisait que la taille de son poignet, percé d'un petit trou rond à l'une de ses extrémités. Il affichait également ces étranges symboles noirs.

— As-tu dit quelque chose ? lui demanda-t-il.

Un peu gêné, il regarda autour de lui, espérant que personne ne l'ait vu adresser la parole à un caillou. Par chance, il était seul dans le temple pour le moment. Mais il entendait toujours les demi-géants qui l'attendaient dehors, sur les marches.

Quand son regard revint sur l'éclat, ses yeux bleus s'arrondirent. Les symboles avaient changé de place ! Ils formaient désormais les mots : *Trouve Poséidon*.

Tandis que les lettres reprenaient leur apparence de symboles, la chair de poule s'empara des bras de Zeus. Il ne savait pas si Poséidon était une personne, un lieu ou un objet, mais il était excité quand même. Parce qu'il était à peu près sûr que cet éclat de pierre conique l'envoyait en quête. Wouah ! peut-être était-il vraiment un apprenti héros !

— Qu'est Poséidon et où se trouve-t-il ? demanda-t-il au caillou.

C'était peut-être le nom de l'endroit où se trouvaient ses parents. Ou peut-être était-ce le nom de son père !

Mais aucun mot nouveau n'apparut à la surface de l'éclat. Il ne parla pas non plus. Il reposa sa question, encore et encore. Mais l'éclat ne répondit pas.

Ennuyé, Zeus le jeta par-dessus son épaule. Ce n'était qu'un morceau de caillou après tout, décida-t-il. Rien de magique.

— Aïe-faïe ! s'écria une petite voix quand le caillou heurta le sol.

Zeus se précipita sur le caillou et s'en saisit de nouveau.

— Tu *as* bien parlé.

— Euh-feuh.

C'était presque comme si l'éclat de pierre levait les yeux au ciel devant tant d'obstination. Mais les pierres n'avaient pas d'yeux. Il parlait une sorte de langue étrangère qu'il ne comprenait pas.

Fizzz !

— Aïe ! dit Zeus.

L'éclair avait envoyé des étincelles dans le creux de sa main. Cela le piqua comme une morsure d'insectes, mais la douleur disparut rapidement.

Hmm, pensa-t-il. L'éclat de pierre avait crié « aïe-faïe » il y a une minute quand il l'avait laissé tomber. Avait-il voulu dire « aïe » lui aussi ?

Comme si l'étincelle avait fait surgir une idée, une lumière s'éclaira dans son esprit. Il leva le petit caillou gris plus près de lui.

— Est-ce que tu parles la langue de feu ?

Le caillou resta muet.

Peut-être ne l'avait-il pas compris, se dit Zeus.

— Comme le javanais, expliqua-t-il. On rajoute *av* devant chaque voyelle d'un mot.

Il s'interrompit.

— Sauf que tu ajoutes le son « f ». C'est ça ?

— Oui-fi, dit l'éclat.

Ce qui devait vouloir dire « oui », décida Zeus.

Boum ! boum ! boum ! Ses yeux se tournèrent vers la porte du temple. Quelqu'un montait les marches du temple. Quelqu'un qui avait de grands pieds. Tenant toujours le caillou, il se jeta sous la table, sur laquelle était posée la pierre conique.

Par chance, la table était juste assez grande pour se réfugier dessous. Il regarda l'éclair. Il était trop gros et dépassait sous la nappe. Quel que soit le nouvel arrivant, il le verrait et devinerait sa cachette.

— Oh! pourquoi ne peux-tu être *petit*? gémit-il doucement.

L'éclair fit alors un bruit de craquement, comme de la glace se brisant à la surface d'un étang. Il se rétrécit jusqu'à n'être pas plus long qu'un poignard!

Les pas traversèrent le temple dans sa direction. Les nouveaux arrivants se placèrent autour de la pierre conique. Ils étaient si près que le bout de leurs sandales dépassait sous la nappe tout autour de Zeus. Il y avait six pieds en tout, ce qui signifiait trois soldats.

Zeus se recroquevilla davantage, osant à peine respirer. Tenant fermement l'éclair dans une main et l'éclat de pierre dans l'autre, il attendit en tremblant. Pour l'instant, il n'avait pas du tout l'impression d'être un héros. Même pas un apprenti héros !

chapitre 8

Le grand méchant roi

C'est donc vrai. L'éclair magique a disparu, fit une grosse voix.

Elle était familière à Zeus.

— Pensez-vous que cet Amuse-gueule aurait vraiment pu le sortir de là, comme le raconte tout le monde ?

Sous la table, les yeux de Zeus s'arrondirent. On aurait dit Double Menton ! Et la première voix était celle de Tatou de Lion. Cette tempête avait dû pousser leur bateau super hyper vite.

— Bon, il n'est pas là pour répondre. Et nous ne pouvons retourner voir Cronos les mains vides, ajouta une troisième voix.

Celle de Barbe Noire.

Zeus sentit le caillou se retourner dans sa paume. Il baissa les yeux. Les symboles noirs s'étaient de nouveau déplacés eux-mêmes. À présent, ils indiquaient : *Danger*.

Voilà qui était utile. Ou pas ! L'éclat ne lui avait encore rien dit qu'il ne savait *déjà*. Il n'y avait aucun moyen de fuir. Il était encerclé.

— Si l'éclair est magique, la pierre conique pourrait bien l'être aussi, songea Tatou de Lion. Le roi Cronos aime la magie. Il pourrait nous refiler une ou deux pièces. Apportons-lui la pierre.

Zeus entendit un bruit de frottement au-dessus de sa tête. Bientôt des pas lourds résonnèrent sur le sol et quittèrent le temple.

— Le jeune Zeus s'est échappé ! entendit-il dire Tatou de Lion à la foule de demi-géants dehors. Déployez-vous et trouvez-le. Une belle récompense sera offerte à celui qui le livrera au roi !

Un grondement se fit entendre parmi les soldats. De nouveaux bruits de pas résonnèrent quand ils se mirent tous en route.

Une fois le calme revenu, Zeus sortit en rampant de sous la table. Il ne fut pas surpris de constater que la pierre conique n'était plus là.

Il avança à pas de loups jusqu'à l'entrée du temple. Il vit Tatou de Lion au loin se diriger vers la forêt avec ses deux acolytes. Ils faisaient tomber les oliviers et arrachaient les vignes en chemin. Tous les autres demi-géants étaient partis, eux aussi. Ils le recherchaient alors qu'il était juste là, sous leur gros nez. Ah !

Hmm. Tatou de Lion portait la pierre conique sous un bras. L'oracle Pythie lui avait ordonné de se rendre là où la pierre le menait. Eh bien, il valait mieux qu'il la suive, alors !

À peine Zeus avait-il fait un pas en direction de la porte que, tout à coup, Tatou de Lion se retourna et regarda vers le temple. Zeus plongea derrière une colonne, son cœur battant la chamade. L'avait-il vu ? Mais, quand il risqua un nouveau coup d'œil, aucun de ses ennemis ne regardait par là.

Il devait y aller, avant que le trio de demi-géants soit trop loin devant. Mais que

se passerait-il s'ils l'attrapaient et l'amenaient au roi ?

Zeus hésita, toujours en sécurité derrière la colonne. Le roi Cronos n'était pas un chic type. D'abord, c'était un Titan. On disait que les Titans étaient *deux fois* plus méchants que les demi-géants. Et Cronos était le plus grand et le plus méchant de tous les Titans !

Et il était bien possible que Poséidon n'ait en réalité rien à voir avec ses parents. Si tel était le cas, pourquoi devrait-il sauver ce Poséidon — peu importe celui ou ce qu'il était ?

— Pour ce que j'en sais, Poséidon pourrait tout aussi bien être le nom d'un autre stupide éclair, grommela-t-il.

» Aïe ! cria-t-il en recevant une nouvelle décharge de l'éclair. Arrête ça !

Cet éclair agaçant était la cause de tous ses problèmes. Il l'avait obligé à endosser des responsabilités qu'il n'avait ni voulues ni demandées. La pierre se tourna encore dans sa paume. C'était comme si le caillou et l'éclair s'étaient ligués contre lui ! Il jeta un œil à l'éclat. Les symboles s'étaient arrangés pour former un nouveau mot : *Suis.*

Cependant, Zeus hésitait encore. Ce serait peut-être plus malin de repartir en Crète à toute vitesse. Il pourrait de nouveau être en sécurité dans sa grotte douillette. Mais était-ce vraiment ce qu'il désirait ?

Ses pieds commencèrent à avancer. Presque comme s'ils avaient décidé d'obéir de leur propre chef à l'éclair et au caillou. Avant qu'il en ait conscience, il se précipitait en bas de l'escalier. Il s'arrêta.

— D'accord, les pieds, vous avez gagné.

Il tira sur le lacet en cuir attaché au col de sa tunique et le fit passer dans le trou de ce fichu caillou. Puis il attacha ensemble les deux extrémités du lacet, formant une boucle.

Il le fit glisser au-dessus de sa tête pour que le caillou pende à son cou, comme une amulette. Ce qui ne fut pas très facile avec un éclair collé à l'une de ses mains !

L'amulette se mit aussitôt à remuer contre sa poitrine.

— Tu penses à quelque chose, Caillou? lui demanda Zeus.

— Le-fe roi-foi peut-feut li-fi-bé-fé-rer-fer l'é-fé-clair-fair, l'informa le caillou.

— Le roi peut libérer l'éclair, traduisit Zeus.

Tout excité, Zeus comprit ce que cela devait signifier. Que le roi savait comment le débarrasser de l'éclair.

D'un côté, Cronos était un affreux tyran. Inutile de dire ce que le roi pouvait lui faire subir. Mais, d'un autre côté, il n'avait pas grand choix quant à ce qu'il devait faire maintenant. Parce que de cet autre côté, il avait un éclair!

Zeus ne pouvait imaginer passer le reste de sa vie — quelle qu'en soit la durée — avec un éclair collé à lui. Il voulait s'en défaire!

— Bon, c'est décidé, alors.

Accélérant le pas, Zeus fut bientôt sur les traces de Tatou de Lion et ses deux copains demi-géants.

chapitre 9

Gloups!

Ce fut presque à la nuit tombée que Zeus atteignit le camp du roi. Caché derrière un arbre, il dénombra six Titans assis autour d'un feu crépitant. Ils engloutissaient le dîner tout en élaborant des plans. Des plans de guerre, d'après ce qu'il entendait.

— Grâce à ma poigne de fer, la Terre est maintenant exactement là où je le voulais. Dans une terrible tourmente, disait l'un d'eux.

Il portait une couronne dorée, et ses yeux brillaient d'une lueur maléfique. Ce devait être le roi Cronos lui-même! D'autant plus que la pierre conique était posée juste à côté de lui sur le sol.

Il était difficile d'entendre les géants avec le bruit qu'ils faisaient en mâchant, en avalant et en croquant. Zeus se faufila plus près. Alors qu'il le regardait, le roi sortit quelque chose de sa bouche. Quoi que ce fût, il le jeta sur une pile immense derrière lui. Une pile d'os de mortels !

Le roi se frotta les mains avec délectation.

— Nous libérerons bientôt les Créatures du Chaos dans chacun de nos royaumes. Les mortels vont trembler comme jamais ! Hé hé hé !

Il ne plaisante pas, pensa Zeus. En fait, ses genoux s'entrechoquaient déjà, rien qu'à l'entendre parler des créatures. N'y aurait-il aucun Titan pour empêcher ce roi corrompu de mener à bien ses plans abjects ?

— Et pour les Olympiens ? se risqua à demander l'un d'eux.

Sa tête entière rayonnait comme une sorte de soleil pâle.

— Tu n'as pas réussi à tous les capturer.

Les autres opinèrent en grommelant.

Le roi Cronos frappa son genou de son poing, l'air féroce.

— J'en ai capturé cinq.

Pour une raison quelconque, il se frotta le ventre en disant cela. Il avait le ventre le plus énorme que Zeus ait jamais vu. Il dépassait tellement de sa ceinture qu'il recouvrait presque ses cuisses.

— Mais il y en a plus encore qui sont toujours en liberté — une menace pour nous, fit valoir un autre Titan.

Celui-ci avait une grande paire d'ailes qui dépassait derrière lui.

— Nous avons entendu dire qu'il pourrait y en avoir une douzaine en tout, continua-t-il.

— S'il y en a plus, je les trouverai et les emprisonnerai, commença Cronos.

— Dans ton ventre ? Non, je pense qu'il vaudrait mieux les enfermer séparément, insista le Titan à tête de soleil. Aux quatre coins de la Terre. Et sous surveillance.

Zeus eut un hoquet. C'était donc la raison pour laquelle le ventre de Cronos était si gros ! Il était rempli d'Olympiens, quels qu'ils soient. *Beurk !*

Attends un peu ! Le message gravé sur la pierre conique disait : *Nous sommes dans Cronos !* Les Olympiens avaient dû l'écrire d'une façon quelconque. Et Pythie avait dit que le roi des Olympiens était censé retirer l'éclair de la pierre conique. Mais, au lieu de cela, seul *Zeus* avait pu le faire.

Et si Poséidon était le véritable roi des Olympiens plutôt que ce Goose ? C'était logique, non ? Pour quelle autre raison Caillou serait-il aussi soucieux que Zeus le trouve ? Hé ! si Poséidon était dans Cronos et que Zeus le faisait sortir, peut-être Poséidon saurait-il enlever cet éclair de ses mains — euh, de sa main.

Comme s'il pouvait lire dans son esprit, l'éclair eut un soubresaut. Zeus entendit de nouveau ce bruit de glace brisée.

— Non ! pas maintenant, Foudre ! souffla-t-il.

Mais l'éclair retrouva sa taille normale en une seconde. Il jeta des étincelles et grésilla d'électricité. Malheureusement, en se dilatant, il découpa accidentellement le tronc derrière lequel se cachait Zeus. L'arbre s'écrasa au sol, le manquant de peu.

Les têtes des 12 géants se tournèrent pour regarder dans sa direction.

— Qui est là ? demanda Cronos en sautant sur ses pieds.

Debout, il avait l'air encore plus terrifiant qu'assis.

— Petit ! petit ! siffla Zeus avec fébrilité.

L'éclair se réduisit aussitôt. Finalement, il n'était pas tout à fait prêt à rencontrer le roi, décida-t-il. Il se retourna pour courir.

Mais, avant qu'il ait pu faire un pas, quelque chose l'attrapa par l'arrière de sa tunique.

— Je t'ai eu, Amuse-gueule !

Il fut soulevé par le bout d'une lance. La lance de Tatou de Lion. Double Menton et Barbe Noire étaient à côté de lui, tout sourire.

Zeus s'était tellement concentré sur son espionnage qu'il n'avait pas remarqué que les demi-géants s'étaient approchés de lui en douce. Alors qu'il se balançait dans les airs, les demi-géants l'apportèrent aux Titans assis autour du feu.

Il sentit l'amulette frissonner contre sa poitrine. Il l'enfouit rapidement à l'intérieur de sa tunique, où elle ne pouvait être vue.

— Nous avons trouvé Zeus, Votre Majesté! annonça Tatou de Lion, mettant un genou à terre.

Baissant la pointe de sa lance, il lâcha Zeus devant le roi. Les demi-géants regardèrent le roi avec impatience, espérant visiblement une récompense. Ils froncèrent les sourcils quand Cronos les congédia d'un geste.

Zeus, quant à lui, avait atterri les quatre fers en l'air aux pieds de Cronos. Les Titans l'encerclèrent. Il se mit soudain à neiger.

Hein? Ce n'est pas l'hiver, pensa Zeus. Et pourquoi ne neigeait-il qu'autour de lui et nulle part ailleurs?

Il goûta l'un des flocons de neige. Salé! Levant les yeux, il vit la main géante du roi tournoyer au-dessus de lui. Il versait du sel d'une salière en verre. Sur *lui*.

Pour autant que Zeus le sache, les seules choses ayant besoin d'être salées étaient les sangsues et les repas. Il n'était pas une sangsue. Ce qui signifiait que Cronos avait prévu de le... *Aaaah!*

— Pourquoi tout le monde veut me manger aujourd'hui? se plaignit Zeus.

Lui jetant un œil par-dessus son énorme ventre, Cronos rit.

— Ha! Ha! Ha! Il est drôle, lui.

Zeus sauta sur ses pieds, frottant le sel de ses cheveux.

— Libérez Poséidon, demanda-t-il.

Le roi rit de plus belle, se tapant les genoux.

— Ouais. Tu es un garçon hilarant. Ça va être rigolo de t'avoir avec moi pour l'éternité.

Attrapant Zeus par le dos de sa tunique, il le leva au-dessus de sa tête.

Cronos pencha la tête vers l'arrière.

— Entre les dents et sous les gencives, attention, mon ventre, car Zeus arrive!

Il ouvrit largement sa bouche géante.

Zeus entendit des voix quelque part en bas. On aurait dit qu'elles venaient des profondeurs d'une cave. Ou de l'intérieur du ventre de Cronos !

— Laissez-nous sortir ! À l'aide ! Nous entendez-vous ?

Les Olympiens ! Poséidon se trouvait-il parmi eux ? S'il pouvait, d'une façon ou d'une autre, se libérer de l'éclair et faire en sorte que Cronos l'avale, peut-être Poséidon réussirait-il à l'attraper et se frayer un chemin pour sortir. Ainsi, l'éclair deviendrait *son* problème et ne serait plus celui de Zeus.

Sans prévenir, les doigts de Cronos le lâchèrent. Zeus tomba, pieds en avant, vers un gouffre béant rempli de dents. *Noooon !* il voulait que Cronos avale l'éclair, pas lui !

Zeus eut juste le temps d'écarter les jambes. Il atterrit, un pied de chaque côté du nez de Cronos. Une grande langue lui tourna autour, tentant de l'atteindre. *C'est maintenant ou jamais*, pensa-t-il avec désespoir.

Ramenant un bras en arrière, Zeus hurla :

— Vole !

Il lança avec force l'éclair en direction de la gorge du Titan. Puis il baissa les yeux sur sa main, ayant peine à y croire. L'éclair lui avait obéi. Il était parti !

Les yeux du géant s'arrondirent. Sa bouche se referma comme s'il avait avalé accidentellement un insecte. Un insecte *lumineux* ! Son visage devint rouge, et il entoura sa gorge de ses mains. Il se balança, tel un vieux chêne en pleine tempête.

Zeus perdit l'équilibre et oscilla vers l'arrière. Il commença à tomber. Agrippant un bouton sur le devant de la tunique de Cronos, il s'y cramponna de toutes ses forces.

— Attendez ! Je sais ce qu'il faut faire !

Tête de soleil courut se mettre derrière Cronos. Il enveloppa sa poitrine de ses bras costauds, juste au-dessus de l'endroit où se retenait Zeus. Tête de soleil lia ses poings par-dessus le plexus solaire du roi. Et il appuya fort.

Le teint du roi Cronos vira au vert. Et soudain... BEUUAHH ! Il vomit. En grand.

Un flot jaillit de sa bouche comme l'eau d'une fontaine. Sauf que ce n'était pas de l'eau. C'était répugnant. La force du jet fit tomber Zeus par terre. Il glissa jusqu'en bas du ventre de Cronos comme sur un toboggan de vomissures.

Plouf! Zeus atterrit dans le marécage de vomi qui se formait aux pieds du roi. C'était un magma tourbillonnant aux proportions épiques. Y surnageaient des os d'animaux, des matières visqueuses non identifiées et cinq grumeaux. Les grumeaux étaient tous les cinq à peu près de la même taille que Zeus. Et ils bougeaient!

Zeus se leva. Ou du moins essaya. Il ne cessait de glisser et de retomber sur son derrière.

— Beurk! fit une voix. C'est dégoûtant!

C'était une fille. Elle glissait, elle aussi. Malgré la matière dont elle était couverte, Zeus put voir que ses longs cheveux étaient dorés. Et que ses yeux étaient du même bleu que les siens.

Pendant ce temps, Cronos gémissait et se tenait l'estomac. Semblant se rendre compte tout à coup de ce qui venait de se passer, il réussit à crier :

— Attrapez-les !

Puis tout alla très vite. Les Titans commencèrent à attraper les grumeaux. Un géant saisit également la pierre conique.

Zeus essaya de se mettre debout. Il devait combattre les géants ! Mais, au moment où l'un d'entre eux allait l'atteindre, il glissa en bas de la pente. Emporté par une coulée de vomi. Au pied de la côte, il heurta une pierre.

Tout devint instantanément noir, et il ne sut plus rien.

chapitre 10

Les Olympiens

— **P**ouah ! ça pue ! dit Zeus, dans les vapes.

— C'est toi, dit une voix de fille. Je me suis déjà baignée dans la cascade.

Zeus se remémora la voix. La fille avec les longs cheveux d'or !

Tout lui revint d'un seul coup. Il sauta sur ses pieds, cherchant les Titans des yeux. C'était le matin. Il était au pied d'une colline, entouré par d'énormes rochers et des arbres. Il avait glissé très loin de l'endroit où les Titans avaient fait leur feu. Le roi Cronos et les autres étaient invisibles.

Il se renifla. La puanteur venait bien de lui. *Beurk*. Au moins était-il finalement libéré de l'éclair. Il regarda de nouveau autour de lui pour s'assurer qu'il ne s'était pas faufilé à ses côtés ou quelque chose comme ça. Était-il encore dans le ventre de Cronos, ou...

— Alors, il est enfin réveillé ? demanda une voix masculine.

Zeus tourna la tête et vit un garçon aux yeux turquoise venir vers eux. La fille et le garçon étaient tous deux de son âge, lui sembla-t-il.

— Tu ne serais pas Poséidon, par hasard ? demanda Zeus au garçon.

— Qui le demande ? fit la fille.

Mais, au même moment, le garçon opina.

— Ouais, c'est moi. Et voici Héra.

— Oui ! dit Zeus en levant le poing.

En dépit des embûches, il avait réussi à accomplir sa première mission. Il avait suivi la pierre conique et trouvé Poséidon. Il se trouvait que Poséidon était un enfant, pas son père. C'était décevant, mais trouver ses parents viendrait plus tard.

— Comment t'appelles-tu ? demanda Héra.

— Zeus.

Héra et Poséidon échangèrent un regard surpris.

— N'est-ce pas le nom que Cronos a prononcé avant d'avaler la pie... commença Poséidon.

Héra lui donna alors un coup de coude avant qu'il ait fini.

— Avaler quoi? demanda Zeus.

Héra eut un sourire forcé.

— Oh, rien. Comment nous as-tu trouvés, à propos?

— J'ai été envoyé ici pour vous sauver. Par un oracle. Et par *ceci*.

Zeus souleva l'amulette de pierre qui pendait autour de son cou.

Poséidon se rapprocha pour l'examiner, puis s'éventa.

— Tu pourrais peut-être prendre une douche avant qu'on parle.

Il pointa du doigt la cascade au-delà des arbres, à proximité.

Zeus alla rapidement se baigner et laver sa tunique dans la cascade. Il remit ensuite sa tunique mouillée et ses sandales.

Quand il retourna auprès de ses compagnons, il leur expliqua tout. Il leur raconta ce qui lui était arrivé depuis son départ de la Crète. Y compris la façon dont Pythie l'avait qualifié d'apprenti héros.

— Eh bien, elle a sûrement mal compris ! se moqua Héra.

— Dis donc, n'essaie pas d'épargner mes sentiments surtout, dit Zeus.

— Non, je voulais juste dire...

Elle lança un regard à Poséidon.

— Tu crois qu'on peut lui faire confiance ?

Poséidon haussa les épaules.

— C'est toi qui décides.

Héra examina intensément Zeus, puis secoua la tête.

— Non, je crois qu'on ne peut pas te faire confiance tout de suite. Tu pourrais être l'un des espions de Cronos.

— Je n'en suis pas un ! insista Zeus.

— Alors, prouve-nous-le, dit-elle.

— Comment ?

— Il y en avait trois autres enfermés avec nous dans le ventre de Cronos, lui dit

Héra. Hestia, Déméter et Hadès. Nous nous sommes enfuis, mais les Titans ont gardé les autres. Si tu nous aides à les sauver, on te dira un secret. Un gros.

Ils avaient été emprisonnés dans un ventre pendant 10 ans. Quel genre de secret pouvaient-ils bien connaître ? se demanda Zeus.

— Le roi Cronos a dit que vous étiez des Olympiens. Qu'est-ce que c'est ? demanda-t-il.

— En fait, on ne le sait pas, répondit Poséidon.

— En tout cas, c'est quelque chose dont le roi a peur, ajouta Héra. Ça veut sûrement dire qu'on a des pouvoirs magiques.

— Si seulement on savait comment s'en servir ! dit Poséidon.

Le sol à côté d'eux s'ouvrit soudain en deux avec un grondement bruyant. Zeus, Héra et Poséidon firent un bond en arrière. Un nuage de brume scintillante apparut. Le visage de Pythie brillait à l'intérieur.

— C'est elle ! C'est l'oracle dont je vous ai parlé ! s'exclama Zeus.

— Problème ! Problème ! Bout et bouillonne ! murmura l'oracle. Vous devez trouver le trident. Celui qui vous indiquera le chemin vers ceux que vous cherchez. Celui qui — mis entre les bonnes mains — aura le pouvoir de vaincre les premières Créatures du Chaos du roi.

La brume disparut aussi vite qu'elle était apparue.

— Hein ? Quelles mains sont les bonnes ? demanda Poséidon.

— Sans doute les miennes, dirent en même temps Zeus et Héra.

Zeus leva les yeux au ciel. Il avait grandi entouré de figures féminines. Mais la nymphe, l'abeille et la chèvre qui l'avaient élevé l'avaient toujours laissé décider. Il avait le sentiment que cette fille allait être différente.

— Bon, allons-y, dit Poséidon. Vous voyez cette colline là-bas ? Peut-être que, si nous grimpons à son sommet, nous saurons quel chemin prendre.

— Nous sommes donc censés trouver un trident, dit Zeus comme ils se mettaient en route. Ça ne devrait pas être trop difficile.

Héra et Poséidon acquiescèrent. Ils poursuivirent tous trois leur chemin un petit moment sans dire un mot. Finalement, Zeus dit :

— Juste une question. Qu'est-ce qu'un trident ?

Héra et Poséidon haussèrent les épaules.

— Aucune idée, reconnurent-ils d'une seule voix.

— Bien, je sais que « tri » veut dire « trois », dit Héra.

— Comme nous ? dit Poséidon. Nous sommes trois.

Ce n'était pas vraiment un indice. Zeus fronça les sourcils. Comment allaient-ils trouver le trident alors qu'ils ne savaient même pas ce que c'était ? Une heure plus tard, ils atteignirent le sommet de la colline.

Héra eut un hoquet.

— Regardez !

Ils voyaient la terre s'achever à l'horizon. Au-delà, toute la mer était en ébullition.

Zeus sentit des picotements sur sa peau. Il répéta les paroles de l'oracle. « Problème,

problème, bout et bouillonne. » Puis il ajouta :

— J'ai le sentiment que c'est là que nous trouverons le trident. Notre voyage pourrait être dangereux, cependant. Sommes-nous prêts à nous lancer ?

Héra leva le menton.

— Bien sûr.

Poséidon opina, l'air un peu nerveux.

— J'espère que le trident n'est pas dans la mer. Je ne sais pas nager.

Soudain, les nuages s'assombrirent au-dessus de leurs têtes. L'air se déchira. *Oh-oh !* Zeus savait ce que cela signifiait. Mais avant qu'il ait eu le temps de prévenir ses nouveaux amis...

Crac-Pan !

L'éclair était de retour ! Il se tenait devant lui, crépitant et étincelant. Zeus se mit à descendre la colline en courant pour s'éloigner de lui. L'éclair le poursuivait.

— Petit ! ordonna Zeus en s'arrêtant, à bout de souffle, au pied de la colline.

L'éclair prit instantanément la taille d'un poignard. Il voltigeait dans l'air devant lui,

lui tournant autour comme s'il voulait être tenu. Zeus enfonça les mains sous ses aisselles pour que l'éclair ne puisse s'y accrocher.

L'éclair bourdonnait autour de lui, cherchant un moyen de se faufiler. Semblant finalement abandonner, il glissa sous la ceinture attachée à sa taille. Au moins n'avait-il pas réussi à se coller encore à sa main.

— Gentil garçon, Foudre, dit Zeus tandis qu'Héra et Poséidon le rejoignaient. Tranquille.

Poséidon haussa les sourcils avec stupeur.

— Tu as un éclair comme animal de compagnie?

— On dirait bien, dit Zeus. Bon. Allons-y.

Héra leva les yeux au ciel.

— Qui a dit que c'était toi le chef, Garçon-Tonnerre?

— Garçon-Tonnerre? répéta Zeus.

Cela sonnait bien.

Par-delà les collines, il sentait l'appel de la mer. Son destin l'appelait.

— Suivez-moi, dit-il plus fermement.

Et, à son grand étonnement, ils le firent. À grands pas, plein d'assurance, il mena les autres vers la mer bouillonnante.

Ne manquez pas la suite!

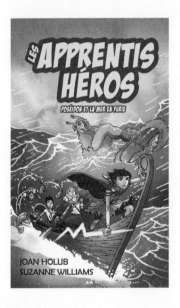

Poséidon et la mer en furie

Extrait du tome 2

Chapitre 1

Attaqués!

Une lance passa en sifflant à côté de l'oreille de Zeus, âgé de 10 ans. Il pencha la tête, mais n'arrêta pas de courir. Pas plus que ses deux compagnons, Héra et Poséidon. Ils étaient juste derrière lui.

— Arrête-toi immédiatement ou tu finiras en chair à pâté, Amuse-gueule! tonna une voix cruelle.

Il reconnaîtrait cette voix entre toutes. C'était celle de Tatou de Lion. C'était ainsi que Zeus l'avait surnommé en tout cas. C'était le chef des trois demi-géants qui le pourchassaient. Ils étaient soldats dans l'armée du roi Cronos et aussi grands que des arbres.

Trois jours auparavant, ils avaient arraché Zeus à sa grotte en Crète et l'avaient amené ici, en Grèce. Il leur avait déjà échappé — deux fois. Mais il pourrait bien ne pas avoir autant de chance une troisième fois.

— Quand on t'attrapera, on te mangera, beugla une deuxième voix.

Celle de Barbe Noire. Un autre des demi-géants.

Puis le troisième — Zeus l'appelait Double Menton — s'en mêla.

— Ouais ! et on croquera tes amis pour le dessert ! Ha ! Ha ! Ha !

Il fit suivre ces paroles d'un gros rot.

Un frisson parcourut la colonne vertébrale de Zeus. Ils devaient probablement bluffer. Ils avaient plutôt l'ordre de les ramener, Héra, Poséidon et lui, au roi Cronos. De cette façon, le roi pourrait tous les avaler !

Approchant d'un fossé, Zeus sauta dedans. Il s'y tapit, attendant qu'Héra et Poséidon le rejoignent. Quelques instants plus tard, Héra sauta à ses côtés.

— Nous n'atteindrons jamais la mer à ce rythme. Quelqu'un d'autre va trouver ce trident avant nous. Fais quelque chose, Garçon-Tonnerre! siffla-t-elle.

Zeus aimait bien le surnom qu'elle lui avait donné. Mais elle savait comment le faire sonner telle une insulte quand elle le voulait.

— Ne sois pas si impatiente. Nous y parviendrons, lui dit-il. Nous sommes en mission, tu te souviens? Tu ne peux pas t'attendre à ce que ce soit rapide ou facile.

Un oracle appelé Pythie les avait envoyés en quête d'un trident magique. Ce qui relevait du défi puisqu'aucun d'eux ne savait ce qu'était un trident. Mais ils connaissaient leur destination — la mer.

À ce moment, Poséidon sauta entre eux en cognant violemment leurs épaules.

— Aïe! gémirent Zeus et Héra en même temps.

— Des demi-géants soldats? On avait bien besoin de ça, se plaignit à son tour Poséidon. Mes pieds me font terriblement souffrir.

Ceux de Zeus aussi. Pas étonnant. Cela faisait deux jours qu'ils voyageaient à travers collines, vallées et forêts.

Héra fit les gros yeux à Poséidon.

— Mauviette !

— Je ne suis *pas* une mauviette, objecta-t-il. Je suis un Olympien.

— Eh bien, agis en tant que tel, alors, dit Héra d'un ton sec.

— Qui es-tu pour décider de la façon dont doivent agir les Olympiens ? répondit Poséidon du tac au tac.

— Je suis une Olympienne moi aussi, tu sais ? dit Héra. Et tu ne m'entends pas pleurnicher.

— Allez-vous arrêter de vous disputer deux secondes ? implora Zeus. Ces soldats vont vous entendre.

Héra et Poséidon s'étaient chamaillés pendant presque tout le trajet.

— Je n'entends rien, murmura Poséidon quelques minutes plus tard. Vous croyez qu'on les a semés ?

Héra jeta un œil hors du fossé.

— La voie a l'air libre. Alors, que fait-on ?

Ils regardèrent tous deux Zeus.

Zeus souleva l'amulette attachée à un lacet de cuir autour de son cou. Il l'avait trouvée au temple de Delphes. Il examina l'amulette, un éclat de roche de la taille de son poing.

— Par où ? demanda-t-il.

Les étranges symboles noirs à la surface de la pierre grise et douce se mirent à remuer. Prenant la forme d'une boussole, ils formèrent une flèche pointée vers l'est.

— Par là, dit Zeus.

Bondissant hors du fossé, il se remit en route. Héra et Poséidon suivirent.

Mais à peine étaient-ils sortis de leur planque qu'une nouvelle lance siffla au-dessus de leurs têtes.

— *Wouaïe* !

Elle passa si proche qu'elle faillit faire une raie au milieu des cheveux noirs de Zeus.

— Hum hum, ça sent la chair fraîche. Attention, les casse-croûtes, on arrive !

Boum ! Boum ! Boum ! C'était le bruit caractéristique des sandales des demi-géants qui s'approchaient.

— Ils revieeeennent ! s'écria Zeus.

Héra et lui prirent leurs jambes à leur cou.

Poséidon les doubla. Ses yeux turquoise étaient agrandis par la peur. Et il semblait avoir totalement oublié son mal de pieds.

Entendant un *crôa* au-dessus de sa tête, Zeus leva les yeux. Une mouette faisait des cercles au-dessus d'eux.

— Nous devons, dit-il en haletant, approcher de la mer.

Il avait raison. Au détour du virage suivant, ils repérèrent la mer Égée à leur gauche. Elle était d'un bleu brillant et constellée de petites îles. Une étrange et fine vapeur s'élevait de sa surface. Ses eaux bouillonnaient et faisaient des bulles.

Zeus se remémora les paroles de l'oracle — paroles qui les avait lancés dans cette quête et menés jusqu'à cette mer : « Problème, problème, bout et bouillonne ! Vous devez trouver le trident. Celui qui vous indiquera le chemin vers ceux que vous cherchez. Celui qui — mis entre les bonnes mains — aura le pouvoir de vaincre les premières Créatures du Chaos du roi. »

Héra jeta un œil vers la mer tout en courant.

— J'espère qu'on va arriver jusque-là, dit-elle, à bout de souffle.

C'est alors qu'une décharge électrique frappa Zeus dans les côtes.

— Aïe ! cria-t-il.

Mais la secousse lui rappela qu'il détenait une arme à utiliser contre les soldats.

— Continuez, vous deux, lança-t-il à Héra. Je vous rattraperai plus tard !

— D'accord !

Héra continua sa course, ses longs cheveux dorés flottant au vent.

Zeus ralentit et tendit la main vers son poignard en zigzag. Il était coincé sous sa ceinture, à la taille. Il le sortit, puis lui donna un ordre.

— Grand !

Avec un bruit de glacier qui se brise, l'éclair s'agrandit. En un instant, il devint un éclair étincelant de la taille de Zeus. Il scintillait et crépitait d'énergie électrique.

Le tenant fermement, Zeus le tira en arrière. Puis il le lança :

— Foudroie-les, Foudre !

L'éclair se lança aussitôt à la poursuite d'Héra et Poséidon.

— Non ! Pas *eux*, lança Zeus juste à temps. Les cronôtres !

C'était ainsi que tout le monde appelait les soldats du roi Cronos. Mais pas devant eux, car cela ne leur plaisait pas du tout.

L'éclair s'arrêta en crissant en plein air. Puis il changea de direction et se lança à la poursuite des soldats. Zeus courut de l'autre côté rejoindre Héra et Poséidon. Il fallait qu'il soit plus précis dans ses ordres à l'avenir. Il avait failli griller ses amis !

Zzzzing ! « Aïe ! » *Zzzzing !* « Aïe ! »

L'air derrière lui retentit bientôt de cris et de jurons. L'éclair foudroyait les soldats l'un après l'autre.

Puis la voix de Tatou de Lion résonna :

— On se replie !

www.ada-inc.com
info@ada-inc.com

 www.facebook.com/EditionsAdA

 www.twitter.com/EditionsAdA